언니, 우리 통영 가요

조명희

시인의 말

다시 그날이어도 나는 그 나무 아래겠다
하도 보아 꽃엔 덜 아플 수 있지만

정작
무는 개는 짖지 않았다

2023년 봄

조명희

언니, 우리 통영 가요

차례

1부 치마에서 도깨비바늘을 떼 주던 사람

2부 남녘은 많은 핑계가 따뜻해지는 곳

3부 생선이 비린 맛 빼면 뭐 있나

4부 봄이 오려면 얼마나 걸려?

해설

1부
치마에서 도깨비바늘을
떼 주던 사람

세

엄마는 양은 밥상만 한 땅뙈기에 세 들어 살았단다 이래도 저래도 산다는 게 세상에 세 들어 사는 거라 겁이 없었단다

나도 엄마 배 속에 세 들어 살았단다 사글세란 그렇단다 주거니 받거니 하다 줄 수 없으면 방 빼는 거란다

그날도 엄마는 밭에 갔단다 팔 걷어붙이고 김장 무 몇 개 뽑고 잠시 쉬어 다시 끙, 하니 내가 뽑히더란다

줄 세는 없고 주인 얼굴 한번 보자고 서둘러 나왔단다

세상에 나와 세 치르다 한 시절 가고 탯줄 묻은 자리 오동나무 꽃만 환장하더란다

나도 환장한다

미란이

미란이는 양계장 집 막내딸이었다

도시락엔 언제나 달걀프라이가 있었고 노른자 같은
두 번째 분단의 분단장이었다

생물 시간에 듣지 못한 유정란 이야기나 오종종 병아
리 떼 몰고 다니며 등판 까진 암탉 이야기를 들려주던
미란이

같은 날 낳은 알도 일찍 병아리 되는 놈 있듯 2교시
끝나고 도시락 뚜껑부터 까던 미란이는 취업도 빨라

달걀판 세던 눈썰미로 경리부장을 넘보기도 했다고

그런 미란이가 저세상도 일찍 넘봐

동창회 날이면 삶은 달걀 같은 미란이 얘기를 한다
추가로 나온 계란탕을 퍼먹으며 그때로 간다

입춘

응, 응,
그럼 이따 봐

2월은 봄을 기다리는 사람들로 점점 짧아지고

약속 시간이 더디 와 십 분이면 족한 거리를 돌아 돌아 걷는다 작업 차량이 차지한 도로의 복판을 피해

신발보다 싸다는 타이어뱅크 앞으로 지나칠까 온누리통신 쪽으로 갈까 차라리… 변두리엔 언덕배기가 많아 담벽 무늬엔 틀린 그림이 없다 쑥부쟁이 앉았던 자리 돌멩이 없는다 새싹 딛고 오르라고 고층 건물 사이 사라지는 겨울의 볕뉘

화장품 가게에 들러 진달래 립스틱을 샀다 그새 노면엔 새로운 방향의 화살표가 그려지고

저쪽에서 그가 손을 흔든다

삭히지 않은

그때 왜 하필 배터리가 나가냐고
벌써 6년째 똑같은 말을 하는 오빠는 많이 무덤덤해
졌는지 썰기 시작한 홍어의 굵기가 일정하다

삭히지 않은 홍어라니
젓가락이 모두 같은 접시를 향했다

그날 엄마가 너를 얼마나 찾았는데,
흘린 초고추장을 닦으며 오빠는 그때를 재연했다 병
상에 누워 허공을 젓는 엄마
나는 오빠의 손을 잡는다

자고 가라는 말을 들을걸
이미 톨게이트를 들어서고 있었다 눈발은 아까보다
거세게 내리고

와이퍼가 어지럽다 집으로 가는 길이 맞나? 눈송이
들이 나를 에워싼다 어디로 데려가는 걸까

저 높은 곳을 향하여, 엄마가 즐겨 부르던 찬송가였다 정화수를 떠 놓던 습성이 새벽기도로 바뀌며 비비기보다는 모으기에 익숙해진 손

이제는 포갤 수 있는

예고에 없던 폭설로 정체가 시작되었다 낯익은 이정표를 보고서야 창문을 내린다 손바닥에 내려앉는 눈송이
엄마의 손을 잡는다

가장 부드러운 살이었다

도로 폭 좁아짐

깜박이는
←
←←

터널 안은 사고가 아니라 공사 중이었다
불면에 가까운 터널은 누군가의 잠을 흔들어 깨우고
　잠들지 못한 자는 터널을 빠져나오기 전부터 눈물을
보였다

　탄생이 기쁜 건 정해진 날을 알아서겠지
　죽음이 슬픈 건 정해진 날을 몰라서겠지

　다음에 보자는 사람 하나도 안 무섭다는 말을 입버
릇처럼 그녀가 했었는데

　우리는
　많은 걸 삼갔다

글로 꽃을 피우겠다는 사람

흰 꽃 속에 핀 그녀는 여전히 보라색 블라우스를 입고 다음을 말하고

다음이 펑펑 운다

밖으로 나와 우리가 잠시 나무 그늘 아래 서 있을 때
흰색이거나 검은 옷이 마치 흑백사진 같았는데

한 사람이 빠져 있었다

가파도

섬 속의 섬이라 했고
키가 가장 작은 섬이라 했다

낮은 지붕에서 산 사람은 무덤도 낮아
하늘 아래 목숨 내놓는 일 또한 여여하다 했다

배가 섬의 옆구리에 우리를 내려놓듯
옆 사람이 내게 닿아 신발을 벗는다

맨발로 바닷가를 걷다가
앞에 보이는 섬 하나를 가리키며
나도 저런 섬이 될 수 있을까 물었다

여기 앉아 봐

치마에서 도깨비바늘을 떼 주던 사람이
손바닥을 펴 오래 쥐었던 섬을 보여 준다

섬 속의 섬에 든다는 것은
가슴에 돌멩이 하나 매다는 일이라 쉽게 바라볼 수
없었다

해안가의 돌멩이들이
벌겋게 솟구치던 때를 기억하는지 잠시 붉었고

낮은 무덤 하나가
지는 해를 데리고 들어갔다

무릎걸음이 생기는 가파도였다

쟈가 갸

내 이름은 두 개다

아버지 술 드시고 출생 신고 하러 가 면서기랑 농담 따먹기 하다 한자의 획을 잘못 그어

엄마는 취학통지서를 받아 들고 어디다 꼬불쳐 놓은 자식 있느냐며 아버지를 닦달하였단다

쥐어뜯긴 아버지는 맨정신으로 면사무소에 다녀와 마당에서 놀고 있는 나를 가리키며

쟈가 갸여

없는 살림에 이름 하나 더 생겼다고 달라지진 않아 반반 치킨처럼 두 이름을 나눠 썼는데

쟈는 동아전과 두 권 값을 받아 한 권으로 떡볶이를 사 먹으려 했으나 갸가 보이지 않고

갸는 완행버스 타고 도시로 나가려 했으나 쟈가 보이
지 않아

쟈와 갸는 서로에게 들키는 일이 없었다

가끔 대신 살긴 했지만

천등

하늘로 빛을 밀어 올리며
철로 위를 오르는 사람들

모인 사람들의 소원이 다르듯 그들의 눈과 코와 입이
제각각이다 풍등의 불빛은 같은 곳으로 오르는데

뒤돌아선 사람의 등이 다르다 방향은 다시 나뉘고

또다시 한 무리의 사람들이 몰려와

어디선가 본 듯한 이 모습이 익숙하다 환호성을 지르
자 바람 앞의 등불 같은 사람들
소원이 지상에서 멀어진다

올라가는 풍등이
들어오는 기차가
호루라기 소리가

점… 점…

생각해 보면 우리의 저녁이 가까이 있는 것처럼 소원
도 가까이 있는 걸 찾아야 하는데

이건 너무 먼 나라의 이야기다

망해사

바다가 아무 말 없다
떠나면 다시 오기 먼 곳이어서

고교생이던 3년을 찾아다녔다 망망대해를 바라보면
망망함이 차올라

보름간의 가출로 출석 일수는 모자랐으나
무사히 졸업하던 날

배롱나무꽃이 별이 되어 떨어지던 심포 앞바다도 새
들이 지키던 수평선도 다시는 기억에서 떠올리지 말아
야지

집 담장 위 병 조각 사이사이 다짐을 꽂고 떠났는데

노을의 가장자리가 헛꿈처럼 붉어지면서
서쪽 하늘이 자꾸 눈에 밟히면서
발부리에 먹물이 들면서

두 물이 물살을 밀어내면서
다시 찾은 망해사

들이닥친 내게서 망망함을 털어 준다

80A

가슴이 예뻐졌다
바람 빠진 풍선도 B보다는 A가 나을 테니

스무 살의 첫눈 내리던 날은 남자와 함께였다
구세군이 종을 흔들어 사랑은 나눌수록 커지고
봉긋한 가슴으로 손가락 두어 마디쯤 앞서 걸으면 먼
저 달아오르기도 하였다

식을 때도 먼저여서
떠나지 못하고 그 자리에 서 있는 사람으로 아팠다
왜 이별은 나눌수록 커지지 못하는지

명희야
부르는 이름에 뒤돌아 첫눈 같은 아이를 낳고 젖이
돌아 몸 안의 피로 지구는 도는데

돌고 돌려도 되돌아오지 않아
느슨해진 브라의 후크를 안쪽에 채운다 자고 나면 다

시 겨드랑이 아래 가 있겠지만

　다들 그렇게 떠날 테지만

　내 가슴과
　내 이름과
　내 아이가
　아플 때만 내 것인 것처럼
　부딪다 내려놓기 일쑤인 술잔이 비우기도 전 채워지
는 것처럼

　그 횡한

　브라를 산다
　나를 채운다

팝콘

공부를 못하면 착하기라도 해라 학교를 그만둘게요
살은 또 왜 그렇게 쪘니 엄마가 탐스러운 걸 좋아하잖아
요 립스틱이 번졌잖니 밤새 고민하느라 부르튼 입술이
에요 청소는 언제 할 거니 언니가 자꾸 시끄럽대요 지금
날 빤히 쳐다보는 거니 청소기 찾는 중이에요 지 애비를
닮아가지고 아빠라도 닮긴 했나요 그럼 다행이고요 대
체 넌 할 줄 아는 게 뭐니 지금부터 찾아볼게요 밖에라
도 나가 봐라 아무 일 못하고 기다릴 거잖아요 사람이
긴 한 거니 그럼 귀신으로 보이나요 제발 눈앞에서 사라
져 줄래 네 그럴게요

하라는 건 꼭 해야잖아요 내 엄마니까

번개탄

저만큼 아이의 비눗방울이 자전거의 뒷자락에 붙어
간다

닮과 매달림 사이
모자를 눌러쓴 남자가 편의점에 들어선다 스스로 열
리는 자동문이 남자의 편의를 도와

극단적으로 열리고

진열대엔 유통기한 임박한 삼각김밥과 간편 도시락
과 숙취 해소에 좋다는 2+1의 헛개나무 음료가 보이고
오른쪽으로 돌아서면 컵라면

아래에
번개탄

청테이프 친 차 안의 삶을 믿고 싶었겠지만
CCTV 속 너의 뒷모습이 마지막일 수 없어

불러 본다

누가 그러더라 너 없이 천 년을 혼자 사느니 너와 하
루를 살겠다고 이건 나의 애창곡인데

너 없는 천 년에 너 같은 사람을 천 명은 만날 거라고
이 죽일 놈의 삶과 머리를 맞대고 끄덕이는 게 보이니

눈 깜짝할 새 아니겠니?
네가 본 그 소리 소문 없는 불꽃이란 게

산딸기는 떨어져도 그만

해거름의 시골길이 휜다

집으로 가려던 햇살이 멈추어 잎새를 들추던 바람이
발부리에 걸려 산딸기 따던 손을 뒤로 한다
밭에서 일하는 할머니를 본다

따 먹어도 돼요?
둔덕 것이 주인 있간디

둔덕이라는 말이
만지면 물컹 짓무르는 산딸기 같아 조심스레 밭둑을
넘는다

몇 알을 건네받는 할머니
손가락 마디마다 마늘 육 쪽이 옹골지게 들어앉았다

마늘 맛인지 산딸기 맛인지 우물거리기나 한 건지 다
시 땅에 달라붙어 마늘을 뽑는다 뽑힌 자리 엉덩이 밭

침을 눌러 다독이며 나가고

　흙에서 멀어져
　남의 손 빌리지 않고 익을 줄 아는 산딸기는 손타지
않고도 줄줄이 떨어지는데

　이노무 것은 손 안 거치고 입으로 가는 것이 있어야
제
　근동의 모든 볕이 할머니에게 내려앉는다

　산때왈은 천지에 쌔부렀고 명아주 줄기 고랑에 꼿꼿
하다 할머니는 이랑에서 허리가 휜다

　덜 여문 마늘대 몇 개 남겨졌다

인생 즐기는 니가 챔피언

디스코팡팡 소리 좋지?
쪼인 기분이 확 풀리잖아

삐유우우웅 쿵쿵딱 쿵딱

돌고 돌아 쿵딱 거기 성냥개비! 쿵쿵딱 길다 길어 쿵
딱 저게 현실이냐고 쿵딱 그래 그래 그렇게 한 바퀴 쿵
딱 스프링처럼 솟구치는 거야 쿵딱 두 다리는 어깨너비
로 쿵딱 오른발 왼발 쿵딱 그렇지 그렇게 쿵딱 햐, 보다
보다 너 같은 오징어는 처음 본다 쿵딱 어떻게 풍차돌리
기가 되냐고 쿵쿵딱 ♪소리 지르는 니가 챔피언 음악에 미치
는 니가 챔피언♬

삐유우우웅 쿵쿵딱 쿵딱

삼디다스는 동네 순찰 왔구나? 쿵딱딱 몸은 리듬에
맡기고 쿵쿵딱 발뒤꿈치를 들어 쿵딱 점프 점프! 쿵딱
쓰레빠 벗겨졌다 쿵딱 담부터는 운동화 신고 오렴 쿵딱

딱 어 어 어? 쿵딱 애가 많이 타 봤네 쿵딱 처음이라고?
쿵딱딱 여기서 살겠네 살겠어 쿵딱 예수 믿으면 천국 가
도 흐흐흐 쿵딱 이 오빠 믿으면 쿵딱 니네들 집에 못 가
는데 쿵딱딱 ♪인생 즐기는 니가 챔피언 니가 니가 챔피언♬

　삐유-우-우-웅 쿵쿵딱 **쿵딱**

　나를 큰일 낼 인물로 봐 주는 DJ는 지구를 통째로 움
직였다 들었다 났다 흔들어 제자리에 갖다 놓곤 하였다
담탱이는 나를 붕닭이라 불렀지만 월미도는 그리 멀지
않았다 가끔 갈매기가 따라붙었다

*♪과 ♬ 사이는 싸이의 〈챔피언〉에서.

2부

남녀은 많은 핑계가
따뜻해지는 곳

아리아리 스리스리 아스라이

아브라함은 이삭을 낳고 이삭은 야곱을 낳았다고 칩시다 아리아리와 스리스리는 아라리가 낳았다고 칩시다 헌데 우리 엄만 왜 나만 낳고 동생은 낳지 않았을까요

사실 말이죠 오래전 기억 속엔 으악새가 살았죠

동네 어귀에서 슬피 우는 새였어요 남들은 새가 아니라 했지만 난 보았습니다 한 번도 날아 본 적 없는 날개를요

대문께 등꽃 피던 날이었습니다 담벼락에 기댄 여인은 양산을 쓰고 있었는데요 왼 꼬임 넌출 아래 하릴없는 기다림만 흘러내렸죠

으악새는 오지 않고 구정물 세례만 받고 떠난 여인이었는데요 지금도 어디선가 으악새 꽃을 피우고 있을 거예요

그날 이후 아버지는 새 됐죠 아리아리 스리스리 아스라이 으악, 새 됐어요 으악새는 말이에요 으악으악 울기도 하고 서운서운 울기도 한다나 봐요

그래서 내겐 동생이 없다나 봐요

부족

여자만 장어구이는 무료 주차가 2시간 1:1 드라이빙 무인텔은 3시간 우리 동네 골목 카페는 6시간

죽어도 꼬리 치는 장어 꼬리를 쌈 싸 먹고 장어탕에 호박즙까지 비우는 시간이 두 시간이라면 엎어졌다 잦혀졌다 볼 장 다 보고 스타일러에 주름 펴고 월풀 욕조에 몸 담그고 성인방송 두어 편 볼 시간이 세 시간이라면 커피 한 잔으로 동네를 들었다 놨다 하는 데 여섯 시간으로 부족하다 나는

월령리

사는 게 오늘인지 내일인지 분명치 않을 때

비행기를 타요 어제와 부딪칠까 안전벨트를 매고 날
다 멀미가 나면 비상벨을 눌러요 비행기가 한순간 착륙
하는

그곳이 월령리입니다
제주가 낳았다는군요

마을 지도는 담벼락에 있어요 따개비처럼 눌어붙은
낮은 지붕이 있어요 문어가 좀망사리 밖 길을 낸 헌 지
점이 있고요 지명의 유래는 어디에도 없어요

두고 간 사람들의 손바닥이 선인장으로 자라는 군락
지가 보여요

구름 사이 빛 내림을 보며 바당길을 걸어요 하늘과
바다를 잇는 트랙으로 사람들이 내리네요

파도가 뭍으로 몰아치는 건 백 년 된 백년초의 기도 덕이라는데 간혹 백 년을 기다리지 못한 사람들이 보드를 타며 파도를 즐겨요

어머,
풍력발전기의 프로펠러가 멈췄어요 급하시면 먼저 살펴 가세요

난 저 프로펠러를 돌리고 가야겠어요

환장

양촌리엔 딸기밭보다 브런치 카페가 많습니다 탐정
호에 물이 넘치면 연인들은 저수지를 오가며 물 만난
고기처럼 좋아합니다 이내 헤어지고 돌아서기도 합니
다 헤어짐이 꼭 아픈 건 아니라고 아랫입술을 깨무는 사
람도 종종 있습니다만 혼자 저수지를 찾아온 게 미안해
걷고 걷다 보니 비닐하우스 앞, 한 여자가 딸기를 수레
가득 싣고 나옵니다 딸기 농사 괜찮냐 물었습니다 사과
나 복숭아를 심고 싶었으나 씨를 못 구했다고 밭을 놀
리기는 뭐하고 해서 딸기를 키운다고

속은 뒤집어지고
봄볕이 환장하겠습니다

독수리 오형제

쓰리, 투, 원,
발사!

궤도 밖으로 떨어진 누리호는 서서히 잊혔지만

아버지는 불발이 없었다
쏘아 올린 발사체로 엄마의 배는 불러
연신 동네 뒷산을 올랐다고 잠시지만 하늘을 날았다
고
독수리처럼

빌어먹을!
떨어지라는 애는 안 떨어지고

독수리가 우리에서 떨어뜨려 살아남은 새끼만 키우
듯
막둥이가 탄두에서 무사히 분리되어 우리는 독수리
오형제

합체

저 넓고 높은 곳으로
고!

패를 까 정해진 순서였다
오광에 쓰리고로 잠시 서열이 바뀌는 듯했으나
사각이 오각 되고 오각이 다시 그 배가 되어

비풍초똥팔삼에 고
곧 죽어도 고

하나 마나 바나나

무슨 일 있으면 전화해
해 놓고
별일 없이도 전화 오면 좋겠는데

해도 후회 안 해도 후회인 말은 해야만 했어
죽음을 앞두고 꽃 피우는 대나무처럼
절실했거든

바나나는 후숙 과일이라지
저 바나나가 익을 때까지만

내가 궁금한 적은 있니?
물어보나 마나
그게 왜 중요한데?

그때 그 대답 고마워

바나나우유엔 바나나가 들어 있지 않다는 걸

나만 몰랐어
괜찮아 난 우유 안 좋아하니까

기다리나 마나

오지 않을 전화를
아침보다 짙어진 슈거포인트를

멸망할 지구에 바나나는 심으나 마나
너는 이제 있으나 마나

땅끝 해안도로

낚싯배가 있다 마늘밭이 있다
곳곳에 표지판이 있다

종착점이 있다 시발점이 있다 나는 그 사이에 박힌
현 위치
미늘과 같아 빠져나갈 수가 없다

땅과 바다가 붙어 있는
시작과 끝을 갈라 놔야 하는
너와 그토록 오고 싶어 했던

땅끝수협이 있다
땅끝마늘된장찌개 집이 있다
땅끝에서 보는 무인도와 땅끝에서 붉어진 홍가시나
무와 땅끝에서 닦아내는 눈물과 땅끝에서 뱉어내는

이런 개빡치는 씨발

마늘도 쪽방에 들더라
땅속으로 파고들더라
세상에 이럴 수는 없더라 전복도 서로의 살엔 붙어먹
지 않더라

그만
나 좀 빼 주라

압록

어디였더라?

    지나다 보면 눈에 익은 풍경 있다
    멀리 산봉우리 송신탑과 폐교 담장 위 개나리와 낯선 발자국에 목줄 끊길 듯 달려드는 개 짖는 소리

    물줄기 따라 벚꽃 걷는다
    잠 깬 산에게 거울 비쳐 주는 강 있다 환호하는 아이들에게 손 흔들며 기차가 간다 늙은 버드나무 아래 쉬었다 가는 흰뺨검둥오리가 있다

    모두가 한 방향
    누구를 만나러 가거나 만나고 돌아가는 길이다

언제였더라?

    만국기 펄럭이는 초등학교 운동장
    줄다리기만 마치면 엄마는 올 것이다 김밥처럼 둘둘

말린 파마머리를 하고
그 많은 엄마들 중 유독 눈에 들어오는

내 새끼 큰물에서 놀아야 혀
밀어내며 눈물 찍던

엄마, 어쩌면 다른 생이었을지 몰라 탯줄 잘리기 전은
기억에 없으니
너무 오래 떠나 있었던 건 아닐까

조금만 기다려
난 흐르고 있어

이치

금강휴게소 근처의 어죽 집
막 자리 잡고 앉았는데 낯선 번호의 전화벨이 울린다

차 빼세요

살다 보면 넣고 빼는 일이야 다반사
그렇다고 다짜고짜 빼라니? 넣어 본 기억도 가물거리
는데

나가 보니
이 자리가 십 년째 자기 자리라고
섭섭지 않게 대한민국은 오십 년째 내 나라라고 말해
주고 들어와

어죽 한 그릇에 잔을 채우는데
맞은편 남자가 힐끔거린다 혼술에 이력이 나 독신 클
럽을 탈퇴했다고

마주 앉아

술은 따르는 것보다 비우는 게 어렵다는 걸 알아 갈
때

막 계산 끝내고 나가는 사람이

빼라 했던 사람이라

넣고 빼는 건 자연의 이치라고 한마디 던진다

잠깐만

바닷가 우동집이었다

내가 아는 라임은 초록이거나 노랑인데 우동이 블루

초록과 노랑과 블루의 의자가 우동집 포토존에 있고
역광이었다 나는 석양을 보러 코타키나발루에 가고 싶
다 했고

너는 의자만 있으면 된다 했다 아침엔 뜨는 해를 보
고 저녁엔 의자를 돌려 지는 해를 보자 했다

그다음엔 종일 누워 태양의 전신을 보자 했다

남녘은 많은 핑계가 따뜻해지는 곳
펼쳐 놓은 비치파라솔 안으로 수많은 핑계들이 쏟아
질 것 같았다

사람들은 백사장에 이름을 새기고 하트를 그리고 그

안에 화살을 꽂다가 어두워지면 축포를 쏘아 올리겠지
만

　나의 겨울은 사과가 블루로 익어 갔다

　라임과 블루는 서로 다른 나무에 열렸고 간판과 메
뉴를 들여다볼 겨를 없이 손님이 북적이는데

　우리는 블루에 떨어진 사과 꼭지였다

되돌아온 말

괜찮아?

송악산 둘레길에서 본 바다는 산수국 빛이었다

갑자기 생각나서

풀을 뜯던 목장의 말들이 움직인다 성미 급한 놈이
앞발을 들어 올려 다른 놈에게로 달려가고

아무리 생각해도 묶일 때가 있어

최선일 리 없는 마음이 출렁인다 금계국 핀 길로 뛰쳐
나간 말이 길게 한번 울음을 토해낸다

너를 생각하면 힘이… 자꾸만 힘이…

절벽의 기분으로 뛰었다 산수국이 기다렸다는 듯 흔
들리고 푸른 하늘이 눈에 들어와 말하지 않기로 한다

말이 돌아온다 둘레길을 뒤로 밀치며

그때 왜 산수국 빛은 바다에서 더 빛났는지
용서는 무엇인지

이이불이

스님은 주변 한 바퀴를 권한다
지워지지 않는 얼굴 있어 발걸음은 서성이고 뒷산에
선 부엉
한낮에 부엉이 운다

꽃은 사방에 피어 웃는 얼굴에 침 못 뱉는다는 말
수선화를 보며

무엇을 보았나요? 스님이 묻는다

봄과 여름을 보았습니다
꽃으로 핀 수선화가 있습니다 때를 기다려 잎 키우는
원추리를 가려냈습니다

부엉이는 귀가 쫑긋 ㅂ이고요 올빼미는 얼굴이 ㅇ이
라는데요
나는 굳이 뭔가를 들추려 하고

스님이 커피를 내린다

일주문이 없다 사대천왕과 요사채가 없다 나는 절에
서 커피를 마셔 본 적이 없다

없는 것이 있는 것입니다

애써 보려 하지 않아도 보일 겁니다

지우려던 사람의 뒤가 보인다 그 앞에 손 건네는 사
람 있다

수선화와 원추리는 내버려 둬도 피었다 지고

부엉이는 부엉

밤낮 없다

폭탄세일

한여름 폭탄세일

저 옥외광고 속 풍선 든 아이를 풀밭에 혼자 둘 수 없
어
큰 사거리 지나 백화점으로 가는데
좌회전 차선으로 끼어들겠다고 옆에서 클랙슨 소리
울려댄다

나는 빼도 박도 못하고

잠시 비켜 주면 은혜를 갚겠다는 듯 차량의 뒷유리엔
결**초보**은이

차와 차 사이
폭탄과 세일 사이
고지가 바로 앞인데 이대로 물러설 수 없어

앞으로

조금씩 앞으로

쾅!

이 황망한 은혜를
아스팔트 위에 이제 막 시동 건 결**초보**은을

비는 퍼붓고
폭탄은 내 안에서 터지고

내변산

저 끝이 바다야
원추리꽃 너머를 가리키는 그녀의 팔 안으로 잠자리
날아든다

무슨 잠자리야?
글쎄, 날개만 있으면 되지 않을까

잰걸음의 사람들이 지나간다 자전거 탄 아이가 도로
반사경 안으로 치고 들어오는 추월 차량처럼 훅

지구를 반 바퀴쯤 돌다 온 물잠자리가

훅

수평선을 보며 폭포로 가고 있었다 함께라면 어디에
든 가닿을 것 같았다

잠자리는 심장 박동 수가 같은 것끼리 날갯짓한다는

데 그녀가 날아올랐다 원추리 꽃잎에 오늘의 날씨를 남
기고

나는 되돌아서 바지를 걷어 올렸다 미선나무가 한쪽
으로 기울어 자라고 있었다

반도의 안쪽이었다

자서전

표지에 이 점을 찍어 주세요 얼굴에서 빼낸 복점이거든요

세네카는 바스트나 히프인가요 난 웨이스트로 할게요 허리가 남달리 여유 있어요

본문은 궁금해하지 마세요 생략을 거듭했으니 사는 건 다 거기서 거기잖아요 마냥 쓰는 오늘의 일기처럼

표4의 두 번째 칸은 비워 두세요 형부는 끝없는 기도, 때론 물이 피보다 진하다는 걸 알아 버렸어요

속지는 검은색 한 장이거나 아예 없애 주세요 애도의 시간은 짧을수록 좋아요

위아래를 훑어보고 값을 매기는 건 옛날 방식이니 바코드는 가로줄을 고집해요

제목은 뭐로 할까요? 고향을 정확히 모르겠어요 다
녀올 동안 정해 주세요 서명은 당신 어깨 위 앵무새 깃
털을 뽑아 쓰세요

그러고 보니 출판사를 아직 못 정했네요

스프링은 스프링

어릴 적 봄은 동춘서커스가 몰고 다녔지
침대는 가구가 맞고 스프링은 과학이 아니지 차력사
는 칼을 휘둘러 온몸이 얼어붙었지

이듬해 서커스가 오기까지 풀리지 않던 스프링

임산부와 노약자 우선은 아저씨들의 스프링 덕이지
보조로 나온 옆트임 롱스커트 여인을 보며 스프링 스프
링

보조 스프링은 한 번 더 스프링이지 베개를 베고 잠
든 날은 여러 개의 칼을 낳는다든가 날을 낳는다든가

애들은 가라 애들은 가!라고 말하면 코흘리개들의
스프링은 개구멍이 되지 선데이서울을 보며 구멍을 키
우는

내 스프링은 봄날은 간다가 아니지 먼저 보겠다고 튀

어 오르는 스프링이지

저만큼 봄날이 오고 있거든

3부

생선이 비린 맛 빼면 뭐 있나

#2580#

달맞이꽃이 걷는 저녁입니다 머리카락을 넘기듯 햇살은 서쪽을 빗어 넘기고 우리 가족은 밖에서 나란합니다

캐리어는 거실에 있습니다 출장 중인 아빠는 안에서 문을 걸었습니다 명함이 많은 사람은 문단속에 능합니다

엄마는 오전이 없습니다 오후가 겹친 날은 술 속을 채운 날입니다 오늘은 바닥에 뒹구는 오징어 땅콩입니다

아이는 뻑큐를 배워 이제는 가운뎃손가락을 직설적으로 꽂습니다 조각 볕에서 자란 스투키는 실패를 아는 성장입니다

나는 이 집의 집입니다 헛물만 켜 헛배 부른 집입니다 속이 끓어오릅니다 찾아야 할 것은 약국인가요 마트

인가요

　새로운 가족은 몇 번째 블록에 있을까요 잠시 나가
봐야겠습니다

　혹시 몰라 비밀번호를 남깁니다

간혹

아프리카 호수엔 마우스브리더라는 물고기가 산대 어미 물고기는 입안에서 새끼를 키운대 새끼들이 어미 물고기 주변에 있다가 적이라도 나타나면 어미는 새끼들을 입안에 넣고 시치미를 뚝 뗀대 적이 사라지면 다시 입을 벌려 슬하를 비운다는데 간혹 스트레스를 받으면 새끼 물고기를 순간 꿀꺽 삼킨대 어쩌다 튀어나온 밥알을 나도 모르게 삼키듯

통갈치조림

'서방과 대판 싸운 날은 정기휴일입니다'
입간판에 내걸린 글귀에 피식
실내가 반자에 노출된 식당이었다

관상용 열매가 어울리지 않게 매달려 있는 나무 건너
편
한 사내가 셔츠의 단추를 푼다

이 집이 맛을 좀 내더라고

날로 먹으려는지 사내가 갈치를 들어 올린다
철판의 조림 국물이 여자의 붕대 감은 팔 위로 번진
다

좋은 게 좋잖아 잊을 건 빨리 잊자고

뒤적여 보면 좋았던 적 있겠지
이내 닦아 버렸겠지만

생선이 비린 맛 빼면 뭐 있나 여자가 국물을 해작인
다
　　죽어도 같이 죽자고
　　껍데기 붙들고 있는 전복을 본다

　　오월吳越이 5월 속에 끓는다

도다리쑥국

언니,
우리 통영 가요

첫눈 오는 날 아는 동생이 통영에 가잔다 생선을 좋
아하지 않으면서 도다리쑥국을 먹잔다

그 사람은 일 년에 한 번 꼭 통영엘 간대요

나는 통영에 여러 번 가 봤고 중앙시장에서 도다리쑥
국을 먹었고 함께한 그 맛을 이제는 잊을 만한데

언제 갈까?

동생은 이른 봄에 가자 하고
나는 겨울 가기 전에 가자 한다

언니, 그거 알아요?
가자미를 입에 넣고 국물을 뜨면 입안에 바다가 요동

친대요 그것도 쑥 향으로
  그 사람이 그랬어요

  이제 막 시작하려는 사람과
  이미 끝장난 사람 둘이 앉아 통영에 가자 한다

  도다리는 한쪽으로 눈이 쏠려 있다는 걸 알 듯 우리
도 이제는 사람에 대해 알 때가 됐는데

광명역

바닥에 물이 고여 있다

눈이 부셔서야 건너편 고층 건물이 반영돼 있다는 걸
알았고

저 많은 유리창들이 반짝

서서히 물그림자를 흔들며 4번 게이트로 기차가 들어
오고 사람들 잠시 뒤로 물러섰다 앞으로

하나의 유리창에 하나의 얼굴이 끼워지고

의성어처럼 바퀴가 구르고

저 빛, 나에게도 이런 광명이 내리다니 끝내는 눈을
감고 감사하게 되는

깨진 유리 갈아 끼우듯 옷매무새 가다듬은 사람들

태우고 간다

자주 들여다봐야 하는 늙은 애인처럼

반짝

머물다 가

카공족

신출귀몰한 족속이다

유목민의 피가 흘러 이동을 일삼는
가축을 치거나 사냥을 일삼았을 흉노족이거나 몽골
족의 후예들

낮엔 자고 밤에 눈 떠 신무기부터 챙긴다 오합지졸이
면 어떠랴 오래전 조상들처럼 흩어지거나 어슬렁거릴
필요가 이젠 없다

오로지 한곳으로 집결

사냥 전 긴장을 풀기 위해 한잔의 아메리카노는 필수
신무기에 장착된 패턴을 풀면 사냥감이 사정거리에
감지된다

타타타 닥 타타타 닥
물려받은 야성의 기질로 다리를 달달달 떨며

포획물을 저장하는 습관

피는 못 속인다

용도 변경

괴어 둔 중문에 바람 분다

'미세요'와 '당기세요'를 혼동했다
항문외과에 갔더니
어디가 아파서 왔냐는 의사

뚫린 곳은 모두 입구로 알고…

뚫린 건 구멍이고
구멍은 드나들라고 있는 거니까

의사가 한마디 한다

출구를 입구로 쓰는 한은 계속 아파요

고개를 끄덕였다
나가는 문과 들어오는 문은 같아야 한다는 걸 부정
하고 싶지 않았다

바람이 문제였다

꽃문살

문에도 살이 있어
성혈사에 갑니다 문창살을 보러

일주문에 들어서니 독경 소리 햇빛을 그러모으네요

대웅전엔 여러 사람이 한 방향이고 노스님은 춤을 춥
니다 이승에서 떠돌지 말라고 손 흔듭니다

요령은
요령 피울 새 없습니다 흰 국화 사이 강아지풀 씨 퍼
뜨리는 것을 봅니다

많이 깨끗한 날입니다

어서 가시라고 편히 가시라고 발걸음 떼지 못한 영혼
을 올려 보냅니다 얼마 동안 저리 서 있었을까요

보내 놓고 다시 불러 보는 마음이란

몇 걸음 올라서니 나한전

문창살부터 보입니다 물고기가, 학이, 연꽃이, 연 가지

타고 노는 동자승이 있습니다

자꾸 들여다볼수록

나를 찾게 됩니다

파문

나뭇잎 사이로 꿈의 궁전을 보았다

그곳에 가 보고 싶었다
호수는 바라보는 곳에 따라 물색이 다르다 하여

누워서 보는 물의 옆구리는 어떨까

당신은 허리 숙여 돌멩이를 집어 들었다
쌓아 둔 마음만이 깊어질 수 있다고

나는 가드레일 뒤 속살 비친 참나리를 보았다
이파리 하나로 가려진 곳의
한정된 깊이가 궁금했을 뿐인데

당신은 호수를 향해 돌멩이를 던졌고
물가엔 정제된 파문이 술렁였다

왜가리는

왜, 왜, 왜 날아가고

어디선가 나타난 보트 한 척이 물살을 반으로 갈라
놓았다

돌멩이가 강바닥에 닿아 뭔 말인가를 전해 왔지만
수면은 아무 일 없다는 듯 고요했다

인경이가 신호등을 건넌다

짙은 초록이 창밖을 보게 한다
바람 불어 흔들리는 백합의 고개

삼 년만 떠나 살까?
인경이가 세 번째 병뚜껑을 딴다

양파절임은 숨을 죽이고 쌈 상추는 지금의 상황을
덮으려 한다

인경인 병의 로고를 한 방향으로 세우더니 뚜껑을 들
어 톱니를 센다

하나 둘 셋 넷… 스물하나

창틀엔 빈 병들
일렬횡대로 서 백합을 본다 백합은 빨갛게 피어도 백
합

오프너는 테이블마다에 묶였다 가방을 두고 나간 인
경이는 세워진 자동차 사이를 비집으며 멀어지고

세워 놓은 공병 사이 신호등 색이 바뀌고
창틀에 초록이 쌓인다

닮았대요

닮았대요

그래서 꽃집에 갔죠 나랑 닮은 꽃 주세요 말하며 살짝 보여 줬어요 여자는 물기 묻은 손을 털며 쇼케이스에서 러넌큘러스를 꺼내 왔어요 어? 나는 활짝 폈는데…

봉오리를 잊을 만큼은 아니라 다행이에요

리시안셔스를 좋아하는 남자는 물총탕을 먹자 했어요 조개는 국물 맛이라고 한 입 뜨는데 조개와 꽃이 닮았다네요 뜨거워야 열린다고 그걸 모르는 사람이 있을까요

꽃집이 아무나의 집이 아니라는 게 문제예요

하마터면

어디서 봤더라

속옷 차림의 저 여자 오늘의 유머를 보듯 나를 보는 여자 슬리퍼 끌고 동네 마트에서 마주친 적 있을 것 같은 여자 튀어나온 배에서 금방이라도 수박 한 통이 쩌억 갈라질 것 같은 여자 소 한 마리 너끈히 때려잡았을 팔뚝의 여자 터질 것 같은 엉덩이에서 청국장 냄새가 슬슬 샐 것 같은 여자 다리 꼰 폼새가 금산 한복판에 우뚝 선 인삼 조형물 같은 여자 제왕절개 자국이 레이스 상표 옆으로 삐져나온 뽕브라의 여자

어딘가 익숙해 고향은 어디냐 나이는 몇이냐 물을 뻔했다 큰옷 가게 마네킹에게

고군산 군도

새만금 방조제를 달립니다

바다가 육지라면
가수는 배 떠난 부두에서 아직 울고 있을 겁니다 달
리던 사람들은 유튜브 음악의 광고 스킵 하듯 휴게소를
지나쳐 갓길에 차를 세우고

잠시 먼바다를 껴안고 있습니다

이쪽 끝에서 수평선을 보며 나는 갑니다 저쪽 끝에
선 지평선을 보며 네가 달려와 야미도나 신시도쯤에서

만납시다
물때 기다렸다 바다에 스민 달구경이나 갑시다

징검다리 건너듯 한 발 뛰다 두 발 모으고 다시 한 발
뛰어 건너는

섬
섬에 갑시다

　한 며칠 신선놀음이나 하고 오자고 선유도에 갑시다
만약에 돌아오지 않으면 섬이 된 줄 아시길

　올망졸망한 것들과 천년만년 살 비비는

다육 식물

물과 헤어졌다며 남자가 루비를 들고 왔다

미인은 얼굴보다 가슴이라고 키스할 때 눈은 입 아래
여도 엉덩이는 손에 잘 닿는 곳이었으면 좋겠다며

화분을 내려놓는다 창가에

나의 창은 사막이고 기린의 꽃이며 불지 않은 바람에
눈 감은 말의 발굽이다 익숙에 취해 잠든 늙은 낙타다

우주목을 닮은 남자는 부러진 계절에 여름을 접목하
며
한 번 더 장마를 견디면 이곳이 아프리카 아니겠냐며
빗방울을 몰고 가겠다 한다

화분 내놓을 창가에 허물어진 애인을 탑으로 쌓는다
길 아닌 길에 꽃 아닌 꽃을 피우려

사막 한 봉지 담아 줬다

돌비 서라운드

휴일이 쉰다
식탁에서 소파로 소파에서 리모컨으로 옮겨 다니며

부풀 대로 부푼 난 팝콘과 같아
남자와 마른오징어는 일단 씹고 본다

영화나 보러 갈래?

한번씩 먹어 줘야 하는 우리는 콜라다
중독성이 강해 매번이 이번만이다

영화가 꼭 너 같아
기대를 잔뜩 하고 갔다 나올 땐 본전 생각 나거든
이 말은 노굿이어서 컷!

다시 갑시다
레디 액션!

후다다탁과 질겅질겅과 꺼어억이 사방에서 입체적으
로

시작은 로맨스였다 잡음이 없는
전쟁같이 싸우고도 배는 고파 포개진 접시를 보고
우린 겹치곤 했는데

따따부따
반쪽짜리 어깨를 맞대고 앉아 이를 쑤신다
어금니에 낀 오징어를 빼겠다고

4부

봄이 오려면 얼마나 걸려?

배달의 민족

빗길에 배달 오토바이가 넘어졌다

넘어져서도
고객 앞으로!를 외치며 앞바퀴가 **고객은 왕!**을 외치며 뒷바퀴가 돈다 쏟아진 양념 반 프라이드 반 치킨은 우리가 한민족임을 알아 뒤엉키고

기사는 배달의 민족이라는 것을 **신속 배달**로 입증한다

힐끔거리며 지나가는 사내에게 닭은 역시 날개가 최고라며 젖은 날개를 준다

킥보드를 타고 비 사이를 달리는 아이는 닭 다리를 건네받고 난다 난다 신난다

푸들이 뛰쳐나와 쿵쿵거렸으나 안 돼!라는 말에 꼬리 내리고 쥐똥나무를 긁다 오줌만 지리고

남아 있는 치킨 조각을 주워 들고 아주머니 셋이 오
병이어 횟집으로 간다

비는 캔 맥주 따는 소리처럼 쏟아붓고

대처 방법

현수막을 보았다
"반달가슴곰과 마주쳤을 때 대처 방법"

쓸개 빠진 짐승이 가끔 민가에서 발견된다
우리가 모를 뿐 생각보다 가까운 곳에 그들은 살고
있다

1. 멀리 곰이 있는 경우;
가던 길 어서 가시라고 나는 내 길 간다

2. 가까이서 곰을 만났을 경우;
데려다 아침부터 먹인다 가슴의 반달이 보름달이 될
때까지
쓰레기통을 뒤지기 전
"점심 약속 있어 나가요
곰국은 덜어서 뎁히고 마늘장아찌 국물은 잘 닦아야
해요
굴풋하면 냉동실에 쑥개떡 돌려 드시고"

곰돌이 쿠션과 리모컨을 가지런히 테이블에 올려 둔
다

3. 곰이 공격을 해 올 경우;
미련곰탱이가 감히 어딜!
또는
잽싸게 누워 죽은 척한다

혹시 모를 경우를 대비해 창애를 준비한다
'주말에 시골에 다녀올까요?'

* 굵은 글씨는 현수막을 그대로 옮겼다.

쌍무지개 차차차

가 버린 여름
부서진 빗방울이 속눈썹에 앉는다

몰려온 먹구름은 먹구름대로 하늘을 덮는다 바다 가
운데선 떠오르는 쌍무지개가 빨주노초파남

그다음은 보라
우리가 섞여 있던 어둠 속 빨강과 남색의 스트라이프

파도는 모래에 닿아 부서지고 스밀 수 없어 하얗게 밀
려난 너는 어디에도 없고 나는 수평선 너머를 바다에게
묻고

사람들은 쌍무지개를 배경 삼아 사진을 찍고

나의 배경엔 닳고 닳은 스티로폼과 목을 축이는 빈
깡통과 미처 떼어내지 못한 현수막

'파라솔 그늘막 대여합니다'

나도 한때는 너를 빌려 살았지 네 안에 나를 달아 놓
고 원주율을 구하며

3.141592⋯
끝나지 않는 반원의 나머지를 찾아온 바닷가

그리고 쌍, 무지개

꽃차는 잘 받았습니다만

커피를 끊어 보라고
잠 못 드는 이유가 딴 데 있는데 향 좋은 차를 보내겠
다 한다

베란다엔 지치지 않는 초록 있다 불면의 밤엔 잎을
세는 습관이 생겼다

불을 끄고 누우면 사방으로 뻗어나간 벽지에 알 수
없는 식물이 무성하여

✂----------

화악,
언젠가 우리가 함께 탔던 놀이동산의 자이로드롭처
럼

컵 속에 물결이 번진다
층층의 쌍떡잎식물이 꽃을 피우고 세화리 도롯가에

서 보았던 유채꽃이

화르르

샛노랑에 우리가 묻힌다 불면의 습관이 방 안으로 들
이쳐 하얗게

새하얗게 날은 밝아 너는 또 꽃으로 피는데

회복

저수지를 걸어요

느티나무 아래 웨딩 촬영을 하네요 얼마나 좋을까요
오월의 신부는

드레스가 물고기 비늘을 닮았어요 레이스가 물빛에
반영돼 파닥이네요 산란하는 물고기였군요

쉬었다 가자
언니의 입에서 아카시아 향이

모자를 고쳐 쓰네요 머리카락이 많이 자랐어요 동백
꽃 색 립스틱을 꺼내 언니의 입술에 발라 주며

괜찮지?

대답 대신 칼칼한 것이 먹고 싶다며 언니는 메기매운
탕 집을 가리켰어요

올겨울엔 지심도로 가자 합니다
견딜 만하다고

삼례

폭 삭은 다리가 해를 집어삼키기 전
우린 폐선로 위 열차 카페로 들어섰다

열차에 오른 손님들은 더 멀리 가려 했겠지
해를 따라 그림자 늘어뜨린 마을에 내려 석양을 보
려 했겠지만
지금은 삼례역

아귀찜을 시킬까?
여기까지 와서 비린 것을?

삼례를 바다라고 생각하면 안 되겠냐고
해가 먼저 그린 그린의 병뚜껑을 따며 빨개지고
우리는 타들어 갔다

너무 멀리 왔나?

네 말이 맞는 것 같아 나는 그린을 돌려놓았지만

들깨 터는 냄새가 좋았다 가을은 건드리지 않아도 깊
고

기차가 레일 없이 강을 건넜다

바글바글

죽이나 끓이자고 늙은 호박 반으로 가르니 햐, 요놈
들 봐라 바글바글한 간음들

구더기 낄 줄 모르고 장 담갔겠지 호박꽃도 꽃이라고
잡것 불러들였겠지 줄 그으면 수박 된다고 믿었겠지 한
줄 더 긋는 게 뭐 그리 대수냐 치마 홀랑 뒤집었겠지 사
내에게 날개 달아 준 꼴이었겠지 바짓가랑이 잡았겠지
소문이라도 날까 쉬쉬했겠지 달이 찰수록 배불렀겠지
어휴, 떠밀렸던 거야

쿵,
호박 떨어지는 소리

살아생전 법 없이도 살던 우리 할머니 물방앗간 들락
거렸다지 애 지우러 동네 뒷산에서 굴렀다지 어림없는
일이었다 입에 달고 사셨지

덕분에 우리가 바글바글

음악 분수쇼

크루아상을 입안에 막 넣을 때
호수 중앙에서 분수쇼가 시작되었다

자리에 앉았던 사람들 우르르 밖으로 나가 물줄기
사이 음표와 음표 사이 겹과 겹 사이
뿜어지고 환호하고

입안에서 크루아상 부서지고

음악에 맞춰
사람들 어깨 좌우로 흔들고 까딱까딱 발가락 장단에
물줄기 뒤편 무지개 점점 짙어지고

모두의 시선이 쇼의 끝을 끌어와

무등에서 내린 아이가 아빠와 엄마 사이가 되고 나
는 마지막 크루아상을 깨물고

간극이 우릴 깨물고

18

브라보!
아빠의 청춘은 원더풀 해

아이스크림엔 붉고 푸른 하트가 있어
달콤한 맛을 즐기면 멍 자국은 사라지지
본드는 1촌을 돈독하게 하는 데 탁월하지
슈퍼는 멀고 문구점은 가까워 아빠의 지갑처럼

엄마는 비가 오면 장미를 사 날랐지
냉장고 오른 칸에 장미
왼 칸도 아이스크림을 꺼내고 모조리 장미
백만 송이를 채우면 끼니를 때울 수 있어
눈으로 먹기도 하니까

나는 1학년 8반 별명은 까치
친구들은 에이 씨팔 조까치라 부르지
털어서 나올 때마다 한 대씩
매번 털리지만 나는 18번이니까

에이 씨팔,

비가 오는데 난 어디로 가나

일요일엔 믿고 싶었다

그렇게 만지면 어떡합니까?

일요일엔 믿고 싶었다
속고만 살아서

설치 미술가는 민소매 차림이었다
장기 기증 문양이라는 어깨의 나비 타투를 만질 수
없어 대신했던 것인데

말구유를 깎고 다듬어 그 안에 인간의 모습을 담았
대서

주물주물
우리가 태어난 그곳이

이제 막 성충으로 변태하는 나비로 보였다가 여자의
골반뼈로 보여서

저기

선생님!

혹시 더 큰 물건은 없나요?

3분 미역국

비대면 수업에 주연이가 늦은 건 의외였다

첫눈이 온다고 마셔도 취기가 돌지 않아 더 마셨다고
밖엔 아직 진눈깨비가
흩날린다고

마지막까지 유종의 미를 실천 중인 교수님은 바쁠 게
없다

허수경 시인의 고고학은 종簽이 없어 주연이가 교수
님 멋져요,로 종강을 3분 앞당겼다

우리는 어제의 용사들이 되어 주연에게 간다

골목은 언제나 흔들리고 신발은 질척여 편의점의 미
역국은 즉석에서 안주가 된다

봄이 오려면 얼마나 걸려?

석 달
그때까지 마시자

레인지 없이도 우린 뜨거웠다

테트라포드

개똥밭에 굴러도 이승이 낫다잖여

홍원항의 방파제를 걸으며 남자가 말했다

여자는 짝짝이 슬리퍼를 신었다
고갯짓이 제 나라말보다 수월해 보인다

달구 새끼는 품은 놈이 에미인 겨
내 말 알아들어?

여자가 아이의 손을 잡았고
아이는 쥐고 있던 그물바늘을 가드레일 밖으로 던진
다

찢긴 그물 틈새로 빠져나간 몇몇 놈이
짝지어 바다를 새파랗게 지킨다는 걸 아이는 아는지

사는 거 별거 있간디

물도 드나들 구녁을 둬야 탈이 없지

남자가 어선들 너머 등대를 본다
항해의 시작과 끝은 옮길 수 없다는 듯

사랑합니다

나 그만 살까?

아무 날 아니었다
꽃은 웃게 한다며 사 온 철쭉을 보며 네가 한 말이었
다

마라탕을 먹었다 국물은 안 먹는 거라며 밥 말아 먹
고 눈물이 보일 정도로 웃었다 세상 끝까지 가려면 얼
마나 견뎌야 하나며 뛰었는데

다시 그 사람을 만나
해갈이 후엔 더 많은 꽃을 피우더라고

너의 입술이 이리도 붉었나 싶었다 철쭉꽃 사이로 흘
러내리는 *지구…슬펐…누구…들…않…*

지구가 술을 펐다고? 누구에게도 들키지 않아 감쪽
같을 거라고?

휴지통을 엎었다
그 안에 울트라 초박형 콘돔과 끈적이는 물티슈와 견
과 부스러기 사이 철쭉을 싸 왔던 분홍 리본

사랑합니다

문구가 얼룩져 있다

조강지처

그는
'조명희는 강경원의 처妻'라 하고

그녀는
'조명희는 강경원의 처處'라 한다

유머로 자신을 바로 세우는 시인

주성국(시인)

1

'혀를 씻는 곳'에서였다. 이십수 년 글 쓰는 형벌을 자청한 시시포스의 후예들이 번갈아 가며 형을 살다가 가는 데였다. 볕뉘 아래 끔뻑끔뻑 졸던 검정 호피 무늬 진돗개 모자가 시린 눈을 치켜뜨고 컹컹 목청을 키우며 문지기 노릇을 톡톡히 하던 '세설원洗舌園'이 생각난 것은 "정작/무는 개는 짖지 않았다"는 '시인의 말' 때문이었다.

언뜻 어루더듬어 보면 이랬다. 문지기 진돗개 두 마리가 이젠 낯익을 법도 한데 좀체 경계의 눈초리를 풀지 않는 거여서 꽤나 옹색해 있던 터였는데, 이렇게 좀 해 보시라 일러 준다. 선심 쓰듯 육포 사다 먹이고 닭백숙 먹고 남은 껍닥이나 뼈다귀를 챙겨다 주며 낯을 익히다 보면 일테면 꼬박꼬박 밥을 챙겨다 주는 버릇을 하다 보면 살살 꼬릴 흔든단다. 뱃구레 벌러덩 드러내며 아양을 떤단다. 진짜로 그랬다. 시킨 대로 하는 동안 이러저러한 서책도 꽤 읽고 글도 제법 낳았지만 그중 제일 잘한 일

은 끼니때면 종종 밥 주러 가는 발걸음 소릴 먼저 알아
듣고 짖지 않는 문지기의 머리통을 가만 쓰다듬어 주는
거였다.

　사람 사는 일 또한 별반 다르지 않아서, 적어도 이 정
도쯤은 해야 한다고 일러 주어서. 까닭에 한솥밥을 먹
던 시절이 있었다. 연배가 거의 비슷함으로 누리는 중년
의 일상이 비슷했다. 다만 나는 흰 머릿결에 염색을─실
은 나를 밥상머리 의자에 앉혀 놓고 파뿌리 같은 머리
를 검게 물들여 주었다─했고, 그 여자 사람은 이 지상
의 흰 세월의 빛을 몽땅 받아들이듯이 새하얀 머리를
자연스럽게 그냥 놔두던 것이 다를 뿐이었다. "쟈가 걔"
그랬다.

　　　내 이름은 두 개다

　　　아버지 술 드시고 출생 신고 하러 가 면서기랑 농담 따
　　먹기 하다 한자의 획을 잘못 그어

　　　엄마는 취학통지서를 받아 들고 어디다 꼬불쳐 놓은
　　자식 있느냐며 아버지를 닦달하였단다

　　　쥐어뜯긴 아버지는 맨정신으로 면사무소에 다녀와 마

당에서 놀고 있는 나를 가리키며

쟈가 갸여

없는 살림에 이름 하나 더 생겼다고 달라지진 않아 반
반 치킨처럼 두 이름을 나눠 썼는데

쟈는 동아전과 두 권 값을 받아 한 권으로 떡볶이를
사 먹으려 했으나 갸가 보이지 않고

갸는 완행버스 타고 도시로 나가려 했으나 쟈가 보이
지 않아

쟈와 갸는 서로에게 들키는 일이 없었다

가끔 대신 살긴 했지만

―「쟈가 갸」 전문

그 "쟈가 갸"가 우리말 문장을 맛깔스럽게 구사하면
서도 시적 비유와 상징을 놓치지 않고 있었다. 간혹 기시
감과 같은 심상이 언뜻 보이긴 했으나 "약속 시간이 더
디 와 십 분이면 족한 거리를 돌아 돌아 걷는" "작업 차

량이 차지한 도로의 복판을 피해 "저쪽에서" "손을 흔" (「입춘」)들며 다가오는 봄날처럼 혹은 튀밥처럼 튀겨지는 모녀의 대화(「팝콘」) 또는 "남의 손 빌리지 않고 익을 줄 아는" 둔덕에서 "덜 여문 마늘대 몇 개 남겨"(「산딸기는 떨어져도 그만」)진 듯 그렇지 않으면 "없는 것이 있는 것"이고 "애써 보려 하지 않아도 보"(「아이불이」)이는 시편들에서 고르게 내비치어 주는 정도가, 당대를 부대끼며 열심히 살아가는 모양이어서 살가웠다. "느슨해진 브라의 후크" 안쪽과 같은, 멀쩡하던 신체 곳곳에서 이상 징후가 아픈 듯이 감지되고 몸이 맘을 따라가지 못하는 중년의 자신을 바로 "채우"(「80A」) 는.

가슴이 예뻐졌다
바람 빠진 풍선도 B보다는 A가 나을 테니

스무 살의 첫눈 내리던 날은 남자와 함께였다
구세군이 종을 흔들어 사랑은 나눌수록 커지고
봉긋한 가슴으로 손가락 두어 마디쯤 앞서 걸으면 먼
저 달아오르기도 하였다

식을 때도 먼저여서
떠나지 못하고 그 자리에 서 있는 사람으로 아팠다 왜

이별은 나눌수록 커지지 못하는지

명희야

부르는 이름에 뒤돌아 첫눈 같은 아이를 낳고 젖이 돌아 몸 안의 피로 지구는 도는데

돌고 돌려도 되돌아오지 않아

느슨해진 브라의 후크를 안쪽에 채운다 자고 나면 다시 겨드랑이 아래 가 있겠지만

다들 그렇게 떠날 테지만

내 가슴과

내 이름과

내 아이가

아플 때만 내 것인 것처럼

부딪다 내려놓기 일쑤인 술잔이 비우기도 전 채워지는 것처럼

그 휑한

브라를 산다

나를 채운다

— 「80A」 전문

2

"아플 때만 내 것인 것처럼"(「80A」) 몸과 마음에 쌓인 독을 닦는 데에는 시작을 통해 자가발전하는 내공이 거지반이었겠지만 '세설원' 텃밭에서 돌보는 소채와 적송과 편백나무가 울창한 뒷산을 다니며 버섯과 산나물도 채취해 온 약선의 밥상도 한몫 거들었지 싶었다. 또 언젠가는 기도하듯 많은 것을 비운 듯 모아도 채워지지 않는 손바닥을 그러모으고, 건네서 다시 비우고, 이젠 그 안으로 바람이 드나들어 솔향이 난다고 하는, 어쩌면 소나무였을지도 모르는, 굽은 등과 거친 피부의 어머니였다가 소나무였다가 나였다가 그 어떤 것도 아니었다가 모든 것이 되는 그런 소감을 얼핏 엿듣기도 하여서였다.

덧붙이자면 나는 흙내를 풍기며 '세설원' 텃밭에 마른 옥수숫대와 노각 넌출과 끝물의 가지 고춧대 걷어내고 잠깐 이랑을 만들어 멀칭 하고 흙을 덮는 일을 거들어 주었다. 한 뼘쯤 떨어진 검정비닐 구멍에다 소채를 심고 약 한 번 치지 않았다. 왕왕 배추벌레가 비치고 진드기가 어려도 관두었다. 바지런히 일개미가 떼줄을 짓고

청개구리 울음이 들려오는 걸 알고 여울 피라미 서넛이 도 흰 배를 드러내며 튀어 올랐다. 점점 기울어 가는 월색의 밤저녁에는 다소곳이 앉아 북두칠성 쳐다보는 개 짖는 소리와 호랑지빠귀의 휘파람과 별똥 이우는 소리 등속이 골고루 찾아와 스미고 배고 얹히고 박혀서 푸르러진 남새에 마냥 이끌린 나는 밤하늘을 보러 밖으로 나가는 날이 참 많았다. 그 남새밭 가는 길에 오롯이 켜진 조명희 시인의 방 불빛은 항상 다소곳했지만, 이제야 생각하니 그렇지 않았다. 내가 주눅 들 만치 "인생을 즐기는 챔피언"이었다.

디스코팡팡 소리 좋지?
쪼인 기분이 확 풀리잖아

삐유우우웅 쿵쿵딱 쿵딱

돌고 돌아 쿵딱 거기 성냥개비! 쿵쿵딱 길다 길어 쿵딱 저게 현실이냐고 쿵딱 그래 그래 그렇게 한 바퀴 쿵딱 스프링처럼 솟구치는 거야 쿵딱 두 다리는 어깨너비로 쿵딱 오른발 왼발 쿵딱 그렇지 그렇게 쿵딱 햐, 보다 보다 너 같은 오징어는 처음 본다 쿵딱 어떻게 풍차돌리기가 되냐고 쿵쿵딱 ♪소리 지르는 니가 챔피언 음악에 미치는 니가 챔

삐유우우웅 쿵쿵딱 쿵딱

삼디다스는 동네 순찰 왔구나? 쿵딱딱 몸은 리듬에 맡기고 쿵쿵딱 발뒤꿈치를 들어 쿵딱 점프 점프! 쿵딱 쓰레빠 벗겨졌다 쿵딱 담부터는 운동화 신고 오렴 쿵딱딱 어 어 어? 쿵딱 얘가 많이 타 봤네 쿵딱 처음이라고? 쿵딱딱 여기서 살겠네 살겠어 쿵딱 예수 믿으면 천국 가도 흐흐흐 쿵딱 이 오빠 믿으면 쿵딱 니네들 집에 못 가는데 쿵딱딱 ♪인생 즐기는 니가 챔피언 니가 니가 챔피언♪

삐유우우웅 쿵쿵딱 **쿵딱**

나를 큰일 낼 인물로 봐 주는 DJ는 지구를 통째로 움직였다 들었다 놨다 흔들어 제자리에 갖다 놓곤 하였다 담탱이는 나를 붕닭이라 불렀지만 월미도는 그리 멀지 않았다 가끔 갈매기가 따라붙었다

　　　　　　　　　　　—「인생 즐기는 니가 챔피언」 전문

"……너 없이 천 년을 혼자 사느니 너와 하루를 살겠다고 이건" '그'의 "애창곡인데//너 없는 천 년에 너 같

은 사람을 천 명은 만날 거라고/이 죽일 놈의 삶과 머리를 맞대고 끄덕이는 게 보이"(「번개탄」)냐고 능청을 떠는 것이었는데, 나는 정말 몰랐었다. "탄생이 기쁜 건 정해진 날을 알아서" "죽음이 슬픈 건 정해진 날을 몰라서"//"다음에 보자는 사람 하나도 안 무섭다는 말을 입버릇처럼 그녀가 했었는데"(「도로 폭 좁아짐」) "비비기보다는 모으기에 익숙해진 손//이제는 포갤 수 있는//……//가장 부드러운 살이었"(「삭히지 않은」)는데, "이제 막 시작하려는 사람과/이미 끝장난 사람 둘이 앉아 통영"의 "도다리"가 "한쪽으로 눈이 쏠려 있다는 걸 알 듯 우리도 이제는 사람에 대해 알 때가 됐는데"(「도다리쑥국」) "생각해 보면 우리의 저녁이 가까이 있는 것처럼 소원도 가까이 있는 걸 찾아야 하는데"(「천등」) 너무나 무심했었다.

그래도 "곧 죽어도 고"(「독수리 오형제」)다. 무심한 "내게서 망망함을 털어"(「망해사」) 주듯이 웃긴다. 짐승을 꾀어 잡는 덫을 놓을 줄 알고, 짐승을 길들여 부리는 방법으로 인해 "오늘의 유머를"(「하마터면」) 보듯 입 째지게 웃었다. 아니 이런 발칙한 섬뜩함이 깃들어 있었다니!

쓰리, 투, 원,

발사!

궤도 밖으로 떨어진 누리호는 서서히 잊혔지만

아버지는 불발이 없었다
쏘아 올린 발사체로 엄마의 배는 불러
연신 동네 뒷산을 올랐다고 잠시지만 하늘을 날았다
고
독수리처럼

빌어먹을!
떨어지라는 애는 안 떨어지고

독수리가 우리에서 떨어뜨려 살아남은 새끼만 키우
듯
막둥이가 탄두에서 무사히 분리되어 우리는 독수리
오형제

합체

저 넓고 높은 곳으로
고!

패를 까 정해진 순서였다

오광에 쓰리고로 잠시 서열이 바뀌는 듯했으나

사각이 오각 되고 오각이 다시 그 배가 되어

비풍초똥팔삼에 고

곧 죽어도 고

—「독수리 오형제」 전문

현수막을 보았다

"반달가슴곰과 마주쳤을 때 대처 방법"

쓸개 빠진 짐승이 가끔 민가에서 발견된다

우리가 모를 뿐 생각보다 가까운 곳에 그들은 살고 있
다

1. 멀리 곰이 있는 경우;

가던 길 어서 가시라고 나는 내 길 간다

2. 가까이서 곰을 만났을 경우;

데려다 아침부터 먹인다 가슴의 반달이 보름달이 될
때까지

쓰레기통을 뒤지기 전

"점심 약속 있어 나가요

곰국은 덜어서 뎁히고 마늘장아찌 국물은 잘 닦아야

해요

굴풋하면 냉동실에 쑥개떡 돌려 드시고"

곰돌이 쿠션과 리모컨을 가지런히 테이블에 올려 둔

다

3. 곰이 공격을 해 올 경우;

미련곰탱이가 감히 어딜!

또는

잽싸게 누워 죽은 척한다

혹시 모를 경우를 대비해 창애를 준비한다

'주말에 시골에 다녀올까요?'

　　　　　　　　　　　　　　　　　—「대처 방법」 전문

　그러니 "남녘"땅 말고도 "많은 핑계가 따뜻해지는

곳"(「잠깐만」)을 찾아 무던히 돌아다닐 수도 있었겠다.

"새로운 방향의 화살표가 그려지"(「입춘」)는, "치마에서

도깨비바늘을 떼 주던 사람이/손바닥을 펴 오래 쥐었

던 섬"의 "낮은 무덤 하나가/지는 해를 데리고" "가파도"

에 "들어"(「가파도」)설 수도 있었겠다. "첫눈 오는 날 아는 동생"과 "통영에 가"(「도다리쑥국」)고, "노을의 가장자리가 헛꿈처럼 붉어지면서/서쪽 하늘이 자꾸 눈에 밟히면서/발부리에 먹물이 들면서//두 물이 물살을 밀어내면서/다시 찾은 망해사"(「망해사」)에도 갈 수 있었겠다. 또 "구름 사이 빛 내림을 보며 바당길을 걸어"(「월령리」)가고, "속" "뒤집어지고/봄볕이 환장하"는 "양촌리"의 "딸기밭"과 "탑정호"(「환장」)에도 가고, "땅끝에서 보는 무인도와 땅끝에서 붉어진 홍가시나무와 땅끝에서 닦아내는 눈물과 땅끝에서 뱉어내는/이런 개빡치는 씨발"(「땅끝 해안도로」) 욕도 "빽큐를 배워 이제는 가운뎃손가락을 직설적으로 꽂"(「#2580#」)으며 과감히 퍼부을 수 있었겠다. "물줄기 따라 벚꽃" 길도 걸을 수 있었겠다. "잠 깬 산에게 거울 비쳐 주는 강"이 있고, "환호하는 아이들에게 손 흔들며 기차가" 가고, "늙은 버드나무 아래 쉬었다 가는 흰뺨검둥오리가 있"는 "압록"(「압록」)에도 갈 수 있었겠다. "금강휴게소 근처의 어죽 집"에 가선 "넣고 빼는 건 자연의 이치라고 한마디"(「이치」) 툭 내던지며 "지구를 반 바퀴쯤 돌다 온 물잠자리가//혹//수평선을 보며 폭포로 가"듯이 "내변산"(「내변산」)으로 날아갈 수 있었겠다. "동백꽃 색 립스틱을 꺼내 언니의 입술에 발라 주며" "지심도"(「회복」)에도 가고 "문창살"에 "물고기가, 학이, 연꽃이, 연 가지 타고 노는 동자승이 있"
는 "성혈사"(「꽃문살」)에 가 닿고, "올망졸망한 것들과 천
년만년 살 비비"는 "고군산 군도"(「고군산 군도」)에 가 닿
았을 수 있었겠다. "층층의 쌍떡잎식물이 꽃을 피우"는
"세화리 도롯가에서" "유채꽃"(「꽃차는 잘 받았습니다
만」) 향내를 맡듯 "들깨 터는 냄새가 좋"고 "가을은 건드
리지 않아도 깊"은 "삼례"(「삼례」)에도 가고 "의성어처럼
바퀴가 구르고//저 빛, 나에게도 이런 광명이 내리다니
끝내는 눈을 감고 감사하게"(「광명역」) 여길 수도 있었겠
다.

　역마살 낀 듯이 돌아다닌 곳곳마다 서사의 형상이
그려지듯 빚어져서 그닥 낯설지 않았다. 무슨 말이냐면
사람 이야기가 고스란히 담겨 있다는 뜻이다.

　3

　아마도 잠시간 '세설원'에서 식주食住를 같이 했기 때
문일 것이다. 가만 생각해 보면 검버섯 돋고 점점 기억이
쇠한 좌두엽으로는 글 읽고, '글 낳은' 자체가 소삽하고
버거울 때 말긋말긋 청노루와 흰노루가 돋고 산짐승한
테 이파리 뜯긴 춘란이 가까스로 꽃댈 올리는 뒷산 오
솔길을 시시로 가 볼 때였을 것이다. 꺼끌꺼끌한 노시에
꾸불꾸불 들이켰다 내뱉는 적송의 입김을 쐴 겸 해서

그렇지 않으면 빽빽한 직립의 편백 틈새로 내비치는 낮달을 눈 시리게 치어다보면서, 눈물 들이는, 갈아엎은 들녘을 굽어보면서, 멀리 산봉을 빙빙 도는 솔개 일순 정지된 부력을 걱정스레 눈 기울여 들으면서, 느릿느릿 걷다 보면, 어느새 먼저 선종한 제 여자 곁에 나란히 누운 평토장의 사내, 직계자손이 새긴 비문이었을 것이다. '**사랑합니다 그립습니다 좋은 곳에서 편히 쉬세요**', 문구를 입안말로 되뇌기며 흐뭇하게 몇 발짝 더 떼다 보면 또 봉분 한 쌍이 있었을 것이다. 대나무 돋고 듬성듬성 흰 찔레 덩굴 잡나무 우거짐에 대하여 잠시 언짢아하며 두 손 모아 두 번 절을 드리던 청대 숲, 밑바닥에 쓰러져 누워 마른 대나무로 지팡이 만들어 짚고 한숨 돌리는 끄트머리께의 별장 같은 빈집 마당이었을 것이다. 희귀하고 수척하고 그런 봉오리의 고매古梅를 반환점 삼아 뒤돌아 오면, 까만 호피 무늬 진돗개 모자가 머뭇머뭇 짖다가, 알은체하듯 금세 꼬리 쳤을 것이다. 몸과 마음의 거처가 비로소 생긴 듯이, 또 언제든지 와도 된다는 주인어른의 배웅도 받으며 천 리나 먼 길을, 역병에 이른 도회지로 돌아가는 것이 하나도 두렵지 않던 때였을 것이다. 그런 그땔 내가 새삼스럽게 돌이켜보는 것은 "**사랑합니다//**문구가 얼룩져 있"기 때문이었다.

나 그만 살까?

아무 날 아니었다
꽃은 웃게 한다며 사 온 철쭉을 보며 네가 한 말이었다

마라탕을 먹었다 국물은 안 먹는 거라며 밥 말아 먹고
눈물이 보일 정도로 웃었다 세상 끝까지 가려면 얼마나
견뎌야 하나며 뛰었는데

다시 그 사람을 만나
해갈이 후엔 더 많은 꽃을 피우더라고

너의 입술이 이리도 붉었나 싶었다 철쭉꽃 사이로 흘
러내리는 *지구…슬펐…누구…들…않…*

지구가 술을 펐다고? 누구에게도 들키지 않아 감쪽같
을 거라고?

휴지통을 엎었다
그 안에 울트라 초박형 콘돔과 끈적이는 물티슈와 견
과 부스러기 사이 철쭉을 싸 왔던 분홍 리본

사랑합니다

문구가 얼룩져 있다

— 「사랑합니다」 전문

    물론 결이 다른 **사랑합니다**"이겠고, 이겠지만 그래서 "이 말은 노굿이어서 컷!//다시 갑시다/레디 액션!//후다다탁과 질경질경과 꺼어억이 사방에서 입체적으로//시작은 로맨스였"고 "잠음이 없는/전쟁같이 싸우고도 쉽게 배는 고파 포개진 접시"(「돌비 서라운드」)처럼 다시 겹쳐지곤 하니까. "나도 한때는 너를 빌려 살았"고 "네 안에 나를 달아 놓고 원주율을 구하며//3.141592…/끝나지 않는 반원의 나머지를 찾아온 바닷가//그리고 쌍, 무지개"(「쌍무지개 차차차」) 같으니까. "사는 거 별거 있간디/물도 드나들 구녁을 둬야 탈이 없지"(「테트라포드」) 그랬으니까. "많이 깨끗한 날" "보내 놓고 다시 불러 보는 마음"(「꽃문살」)이니까. "이래도 저래도 산다는 게 세상에 세 들어 사는 거라 겁이 없"(「세」)이 살았으니까. 누구나처럼 "백사장에 이름을 새기고 하트를 그리고 그 안에 화살을 꽂다가 어두워지면 축포를 쏘아 올"(「잠깐만」)렸으니까. "리시안셔스를 좋아하는 남자"처럼 "물총탕을 먹자 했"고 "조개는 국물 맛이라고 한 입 뜨는데,

조개와 꽃이 닮"아서 곧 "뜨거워야 열린다"는 그걸 결코 "모르"(「닮았대요」)지는 않았으니까.

종국에는 "오로지 한곳으로 집결"(「카공족」)하는 것이니까. 무엇보다도 "조강지처"이니까. "그는/'조명희는 강경원의 처妻'라 하고//그녀는/'조명희는 강경원의 처處'라"(「조강지처」) 하였으니까.

언니, 우리 통영 가요

2023년 2월 28일 1판 1쇄 펴냄

지은이	조명희
펴낸이	김성규
편집	김안녕 한도연
디자인	신아영
펴낸곳	걷는사람
주소	서울 마포구 월드컵로16길 51 서교자이빌 304호
전화	02 323 2602
팩스	02 323 2603
등록	2016년 11월 18일 제25100-2016-000083호

ISBN 979-11-92333-68-7 04810
ISBN 979-11-89128-01-2 (세트)

* 이 도서는 2021년도 아르코 문학창작기금 지원사업에 선정되어 발간되었습니다.
* 이 책 내용의 전부 또는 일부를 재사용하려면 반드시 지은이와 출판사의 동의를 얻어야 합니다.
* 잘못된 책은 교환해 드립니다.